KB196155

멸치생각

ⓒ 김지훈 2024

초판 1쇄 발행일·2024년 11월 26일

글 그림·김지훈
펴낸이·윤은숙
편집·이선영 | 디자인·윤미정
서체·가평한석봉체
펴낸 곳·(주)느림보
등록일자·1997년 4월 17일
등록번호·제10-1432호
주소·경기도 파주시 헤이리마을길 48-45
전화·(031)949-8761
팩스·(031)949-8762
블로그·blog.naver.com/nurimbo_pub

ISBN 978-89-5876-257-7 (03800)

김지훈

경북 선산의 시골에서 유년 시절을 보냈다.
문화인류학을 공부하다가 조소를 전공했고,
대학에서 강의하며 조각가로 10년간 치열하게 살았다.
갑자기 어머니가 세상을 떠나자 평범하게 살자는 마음이 들었다.
그때부터 작업을 멈추고, 미술관에서 직장 생활을 시작했다.
조각에 대한 아쉬움을 10년 넘게 말하고 있지만
주변을 살필 수 있는 사람이 되어서 행복하다.
멸치를 다듬다가 시작한 글과 그림으로 첫 책을 펴낼 줄은 몰랐다.

ㅁㅕㄹ ㅊㅣ

김지훈

ㅅㅐㅇ ㅏㄱ

느림보

왜 그것을 당연하다고 여겼을까?

장모님이 D시의 댁으로 돌아가셨다.
10년 넘게 육아와 집안일을 돌봐 주시던 장모님이다.

아내가 멸치 똥을 따자며 식탁에 멸치를 쏟아놓았다.
장모님이 계실 때는 멸치가 손질이 필요한지,
이렇게 많은 멸치를 먹고 있는지 몰랐다.
명절마다 선물로 들어온 멸치가
냉동실을 비좁게 만드는 게 반갑지 않았을 뿐이다.

느닷없이 반성하는 마음이 들었다.
장모님을 모시고 산다며 자랑하고 다녔는데
사실 그동안 내가 모셔지고 살았음을 깨달았다.
나는 왜 그것을 당연하다고 여겼을까?
생각이 꼬리에 꼬리를 물었다.
멸치가 나를 붙들고 끈질기게 따라왔다.
그날 이후 멸치에 관한 글을 쓰고 그림을 그렸다.
세상을 향해 건네고 싶은 이야기가 참 많았나 보다.

머리를 따 버린다

무서운 말이다.
생선은 머리를 대가리라고 하는데
대가리를 따 버린다고 하면
더 무섭다.

아내와 나는 멸치 머리를 딴다.
생각 없이 딴다.
아무렇지 않게 반복한다.

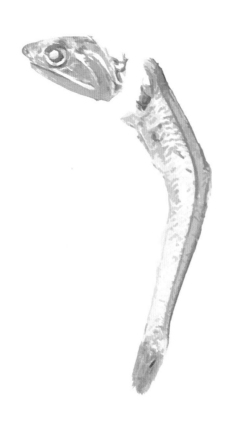

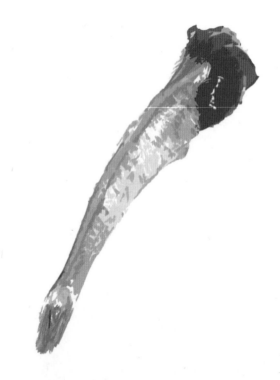

멸치가 고추장을 좋아할까

멸치를 고추장에 찍어 먹으면 맛있다.
그런데 멸치가 고추장을 좋아할까?

내게 딱 맞는 일이라고?
그건 네가 좋아하는 내 모습일지도.

시커멓다고 다 똥?

뱃속에 똥만 들어차 있다는 게 말이 되나?
왜 멸치 내장만 똥이라고 하는지 궁금하다.

자세히 살피면 심장, 간, 유문수, 위, 소장, 대장이 모두 자리 잡고 있다.
멸치보다 큰 밴댕이는 내장을 떼어내지 않으면서
온갖 물고기를 잡아먹는 명태와 아귀의 내장은 굳이 찾아 먹으면서
플랑크톤만 먹는 멸치의 내장은 기어이 떼어낸다.

무소식

푸른 바다를 헤엄치고 있었는데,
냉장고에 갇혀 바다를 잊어버렸다.
친구들은 여전히 헤엄치고 있을까?

무소식이 희소식이라는 말,
그 말 믿어도 될까?

세멸 15㎜ 미만 투명한 흰색

자멸 16~30㎜ 미만 투명한 흰색

소멸 31~45㎜ 미만 황색

중멸 46~76㎜ 미만 은빛이 도는 황색

대멸 77㎜ 이상 은빛이 도는 황색

부끄러움을 모른다

요즘 학교에서는 키 순서로 출석번호를 정하지 않는다.
보통 가나다순 이름 순서로 정하지만
그 방식도 인권침해가 우려돼 추첨 방식으로 변하고 있다.

옛날 D시의 D중학교에 다녔다.
그 학교는 번호도, 짝꿍도, 자리도 모두 성적순으로 정했다.
부끄러움을 모르는 학교.

무서운 이빨이 있는 줄 몰랐지

마른 멸치를 해부하면
놀랍게도 날카로운 이빨이 보인다.
상어 이빨과 비슷하다.

갑자기 배신감이 든다.
멸치가 교묘히 숨겼다고 의심하면서.

그동안 만만히 여겼던 사람들에게 미안하다.

멸치국수

멸치의 역할을 인정해 주는 음식이 있어서 다행이다.
칼국수, 가락국수, 된장찌개와 수제비처럼
멸치가 비중 있게 출연한 음식이 많지만
보통 원산지 표기에도 이름을 올리지 못한다.

멸치 손질

생각이 정리되고
걱정이 가라앉고
소박한 성취까지 느낀다면서
단순노동의 즐거움을 이야기한다.
하지만 단순노동이 직업이 된다면?
집안일, 농사 일, 건축 일이 더는 단순노동이 아니다.
단순노동자는 단순노동을 예찬할 수 없다.

아무도 기억하지 못한다

냉동실 구석에서 멸치를 찾았다.
얼마나 묵었는지
바싹 말라서 색이 거의 사라졌다.

먹고사는 일은 중요하다.
다른 무엇보다 중요하다.

하지만 멸치가 멸치인 것을 잊으면
어느 날 냉장고에서 사라져도
아무도 기억하지 못한다.

멸치 해부 교구 키트

개구리 해부 실습으로 아이들이 얻는 건
생명에 대한 경시뿐이라고 한다.

2018년 개정된 동물보호법 제24조
미성년자 동물 해부 실습 조항에 따르면,
누구든지 19세 미만의 미성년자에게 체험·교육·시험·연구 등의 목적으로
동물 해부 실습을 하게 해서는 안 된다고 명시돼 있다.
동물의 사체 또한 해부 실습 금지 대상에 포함됐다.

그래서 요즘은 멸치 해부 수업을 한다.
과학 실습 상품으로 '멸치 해부 교구 키트'가 절찬리에 판매 중이다.
개구리가 멸치로 대체된 거 말고
대체 뭐가 달라진 것일까?

개구리의 희생을 멸치가 대신했을 뿐.

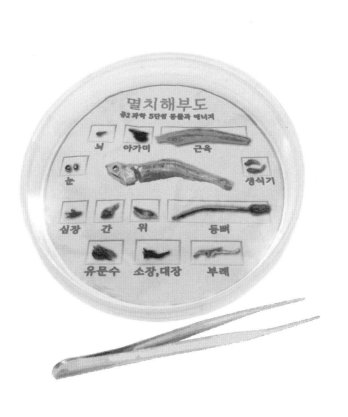

멸치해부도

중2과학 5단원 동물과 에너지

뇌 아가미 근육

눈 생식기

심장 간 위 등뼈

유문수 소장,대장 부레

엄마가 생각난다

어린 시절 정말 싫어하던 반찬이 있다.
간장과 고추장을 섞어 양념한 멸치조림.
너무 흔해 반찬 취급도 하지 않았는데
도시락에 담겨 학교까지 끈질기게 따라왔다.

어머니가 떠나신 후
식당에서 우연히 마주한 멸치조림
하나씩 꼭꼭 씹다가
뒤늦게 쫀득쫀득 슬퍼졌다.

같은 줄 알았지만 다 다르다

지하철 사람들은 다 똑같아 보인다.
지퍼백 속 멸치들도 다 똑같아 보인다.

밖으로 꺼내 놓으면 다 다른데,
자세히 살피면 다 다른 얼굴인데.

혼자 소주잔 기울일 때

술이 필요한 거지 친구가 필요한 게 아니다.
술이 필요한 거지 안주가 필요한 게 아니다.

그래도
냉동실 멸치를 불러내 소주잔을 기울인다.
위로가 필요해서.

하기 싫은 1등

명절이 다가오면 어김없이 뜨는 기사.
"이번 명절에 받기 싫은 선물 순위"
1등 멸치, 2등 샴푸, 3등 통조림, 4등 식용유, 5등 수건.
2등부터 5등까지는 가끔 순위 변동이 있지만
웬만해선 멸치가 1등을 놓치지 않는다.

누구를 위한 국물

마지막 땀방울까지
쏟으라고 해서 쏟긴 쏟았는데
무엇을 위한 것인지는 모른다.

마지막까지 우려냈지만
무엇을 위해 우려낸 건지
알지 못한다.

목표가 거창하면 더 의심스럽다.

칼슘+아몬드

맥주와 칼몬드를 사랑하는 친구가 있다.
칼몬드라는 이름까지 칭찬한다.
칼슘과 아몬드의 환상적인 조합!
최고의 컬래버레이션이라고 찬양한다.
맥주를 나누며 벌써 몇 번을 들은 이야기다.

그런데
칼몬드에 칼슘을 담당하는 멸치는 어디로 갔을까?
이름 어디에도 멸치의 흔적은 없다.
20년이 넘어서야 비로소 깨달았다.

몰려다니다 망했다고?

멸치잡이 조업 현장을 담은 다큐멘터리를 보았다.
멸치 어군을 찾는 어로장의 배가 한 척,
그물을 내리고 올리는 배가 두 척,
멸치를 갑판 위에서 바로 삶아내는 배가 한 척.
총 네 척의 배가 하나의 팀이 되어 기민하게 움직인다.
그들은 어마어마한 양의 멸치를 잡아 올려 바로 가공한다.
바다 위의 멸치 공장.

멸치는 흩어질 수 없었을까?
공무원 준비 말고는 할 게 없었을까?
치킨집 말고는 할 게 없었을까?

버릴 게 없다

멸치 머리만 모아 국물 팩에 넣어서 우려낸다.
알뜰한 건 좋지만 뭔가 찜찜하다.

머리까지 몽땅 쓸모가 있다?
머리도 우려서 먹는다?

~까지, ~도가 퍽 불편하게 들린다.
소중한 것에는 절대로 붙여 쓰지 말아야 할 보조사.

 밴댕이 소갈딱지

 미꾸라지 같은 놈

붕어 대가리

멸치 새끼

잘 알지도 못하면서

함부로 말하지 않기를 바라는 게 욕심일까?
서로 상처 주는 말에 끼고 싶지 않다.

주연은 아니지만

갈치, 굴비, 고등어, 꽁치, 가자미…
모둠 생선구이의 출연진이 화려하다.
멸치는 있는 듯 없는 듯 밑반찬으로 등장한다.
아무리 귀한 요리도 두 끼만 반복하면 싫증 난다.
그러나 멸치는 매 끼니 연거푸 출연해도 괜찮다.
거부감이 들지 않는다.

멸치는 역할에 충실한 단역배우 같다.
주연은 아니지만
흥행 영화에 여러 번 출연한 배우.
오랜 시간 싫증 나지 않는 조연.

멸치 사칭 피싱

바늘이 없었다면 멸치라고 착각했을 것이다.
울버린 멸치네! 감탄하다가
문득 바늘 지느러미를 달고 휘젓는 모습을 상상했다.

물고기들이 얼마나 무서울까?
갑자기 끔찍하다.

도시락 친구

멸치와 가장 오래 함께한 김치라는 친구가 있다.
멸치보다 더 무시당하던 친구라 멸치도 외면했다.
행여 김칫국물이 묻어 같은 취급을 당할까 봐
새가슴 멸치는 노심초사 모른 척했다.

멸치는 지금까지 미안하다는 말 한마디 건네지 못했다.

지느러미는 여전히 남아 있다

말라비틀어진 멸치에게 지느러미 따위는 사라진 줄 알았다.
남아있는 게 당연한데, 아예 없어졌다고 생각했다.
멸치의 자존심.
여전히 남아 있다.
오늘도 어제와 같은 직장 생활에서
자존심 따위는 사라진 줄 알았는데.

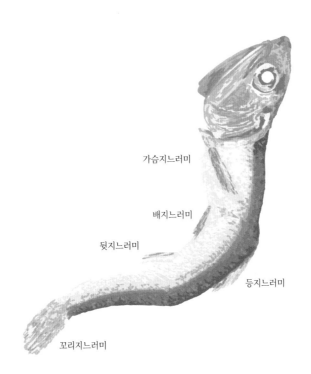

가슴지느러미

배지느러미

뒷지느러미

등지느러미

꼬리지느러미

축제, 축제, 축제

기장멸치축제, 화천산천어축제, 제부도장어잡기축제, 인제빙어축제, 구룡포과메기축제, 속초양미리축제, 흑산도홍어축제, 주문진복어축제, 고성대문어축제, 삼척대게축제, 안동간고등어축제, 삽교호조개구이축제, 서귀포은갈치축제, 인제황태축제, 한려수도굴축제, 세종청솔마을미꾸라지축제, 신안망둥어축제, 원주송어축제, 하동섬진강문화재첩축제, 장흥키조개축제, 평창송어축제, 주문진오징어축제, 태안백합축제, 진천붕어찜축제, 창원진도미더덕축제, 신안민어축제, 안면도백사장대하축제, 삼길포우럭축제, 양양연어축제, 봉화은어축제, 영광굴비축제, 강화도새우젓축제, 신안뻘낙지축제, 거문도삼치축제, 영덕은어축제, 서천전어축제, 고성가리비수산물축제, 속초도루묵축제, 고성통일명태축제, 광양전어축제, 구룡포대게축제, 기장붕장어축제, 경주감포항가자미축제, 신안병어축제, 남당항새조개축제, 당진장고항실치축제, 대천조개구이축제, 명지전어축제, 무창포쭈꾸미축제, 모슬포방어축제, 벌교꼬막축제, 보령천북굴축제, 연평도꽃게축제, 부산고등어축제, 영덕대게축제, 화성전곡항망둥어축제, 예천은붕어잡이축제, 오천항키조개축제, 완도노화전복축제, 용대리황태축제, 우도소라축제, 서천동백꽃주꾸미축제, 울릉도오징어축제, 사천삼천포항자연산전어축제, 울산고래축제, 고성초도성게축제, 창원홍합축제, 추자도참굴비대축제, 태안모항항해삼축제, 포항영일만검은돌장어축제, 하전바지락축제, 서천꼴뚜기갑오징어축제, 호미곶돌문어축제, 봉화황금은어축제, 울진대게와붉은대게축제, 홍성남당항대하축제, 서천광어도미축제, 영산포홍어축제, 남해미조항멸치축제…

하늘을 난다

멸치잡이 방법은 크게 세 가지다.
유자망, 쌍끌이, 정치망 방식이다.
그중 유자망은 그물을 조류에 흘려보내는 방식으로, 그물 간격이 커
멸치 축제가 열리는 금어기(4~6월)에도 조업이 가능하다.
유자망은 1.5km에 이르기 때문에 멸치를 하나씩 떼어내는 게 불가능하다.
줄지어 선 어부들이 이불 털듯이 그물을 털어 멸치를 떼어내야 한다.

이렇게 털이를 하면 은빛 멸치들이 멋지게 하늘을 난다.
극한의 노동이 만드는 낭만적인 풍경.
관광객들과 사진가들이 몰려든다.

하지만 유자망 그물에서 털어낸 멸치는
머리와 내장이 분리되어 처참한 모습이다.
온전한 멸치를 찾아보기 힘들다.
이 멸치들은 주로 젓갈용으로 사용한다.

멸치꽃

생멸치회는 제철 바닷가에서 맛볼 수 있다.
섬세한 칼질이나 특별한 장식 없이
깻잎 위에 선홍색 살을 드러낸 멸치.

멸치꽃,
참 처연하게 피었다.

왜 아무도 궁금해하지 않아?

바다에서 헤엄치는 멸치의 사진을 보니 너무 낯설다.
생각해 보면 당연한데
그동안 마른 멸치만 멸치로 여겼다.

대머리 지인은 머리가 풍성했던 사진을 만나는 사람마다 보여준다.
옆집 할아버지는 찾아오지 않는 가족을 만나는 사람마다 자랑한다.

아무도 궁금해하지 않으니
보여주고 자랑한들 소용없다.

앤초비와 멸치는 다른 말?

앤초비 부르스케타는
납작하게 잘라 구운 빵 위에 멸치를 올린 것이다.
앤초비가 바로 멸치인데,
멸치를 멸치라고 하지 않고 앤초비라고 하면
사뭇 멸치와 다른 대접을 받는다.

멸치빵은 듣기만 해도 몸서리치지만,
앤초비 부르스케타는 특별하다고 여긴다.

표현을 따지는 불편한 사람이 되지 말고
그냥 좀 특별하게 느껴보라는 잔소리를 듣는다.

젓가락질 한 번에 한 두름

젓가락에 올려진 멸치를 세어 보고 놀랐다.
젓가락질 한 번에 평균 20마리.
한 두름이다.
열 번만 집어도 200마리.
헤엄치는 200마리 멸치를 떠올려본다.
당장 머리가 복잡해졌다.
자잘해서 집기 힘들다고 짜증을 내는 건
가당치 않다.

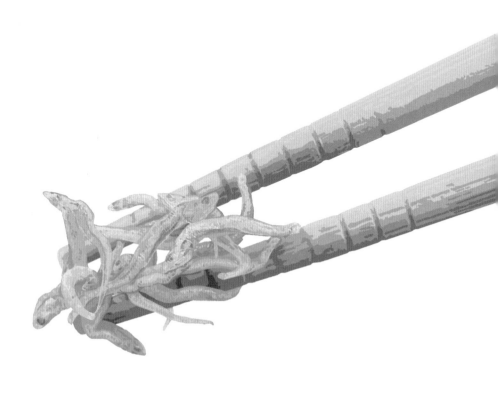

새들은 페루에 가서 죽다

페루 해변에서 수만 마리의 새들이 한꺼번에 죽는 것은
그곳이 새들의 성지이기 때문이 아니다.
그저 자연현상이다.
엘니뇨로 해수 온도가 급격히 올라가는 해가 되면
플랑크톤이 번식할 수 없는 환경이 된다.
그러면 플랑크톤을 찾아오던 멸치 떼들이 오지 않는다.
해마다 페루 해변을 찾아오던 새들은 멸치를 기다리다 지쳐
영문도 모르고 굶어 죽는다.

새들은 페루에 가서 죽다 _로맹 가리

멸치를 대하는 자세

두 장의 카드를 견주어 같은 그림을 빨리 찾아내는 도블 게임.
게임 카드에 나오는 동물들을 살펴보다가
그들 거의가 멸치의 천적들이라는 사실을 알았다.

상어, 다랑어 같은 어식성 어류들.
갈매기, 바다오리, 펭귄 같은 조류들.
물개, 돌고래, 바다사자 같은 포유류들.
바다뱀, 바다악어, 바다거북과 같은 파충류들.
문어, 오징어, 해파리 같은 무척추동물들.
대게, 바닷가재 같은 갑각류와 절지동물들.
멸치에게 바다는 온통 천적투성이다.
그런데 바다 밖에 사는 인간이야말로 천적 중 으뜸이다.

회사마다 멸치 같은 직원이 있다.
직원 모두가 그의 천적이다.
다들 그를 알뜰히 써먹으려고 안달한다.

어색하고 불편하다

꼿꼿하게 누워 있는 멸치를 발견한다.
명태처럼 매달아 바른 자세를 만든 것일까?
다들 죽음 앞에서 몸부림칠 때 혼자만 꼿꼿해서
뭔가 어색하다.

하나같이 바른 자세로 친절한 곳이 있다.
명태처럼 뻣뻣한 사람들이 영혼 없이 미소 짓는 곳.
몹시 불편하다.

꽈리고추 멸치볶음

혼자일 때는 하찮게 보이지만
함께하면 빛이 나는 친구가 있다.
꽈리고추와 멸치가 그렇다.
그런데 누가 더 빛나는지 따지지 말았으면 좋겠다.
편을 가르면 선택해야 하고
싸우자고 들면 안 싸울 수가 없다.
함께해야 빛이 난다는 사실이 중요하다.

멸치 탈출

마른 사람을 얕잡아 멸치라고 부른다.
그냥 말랐다, 날씬하다 하면 될 것을
굳이 멸치라고 지적질이다.
그래서 살을 찌우려고 애쓰고
근육을 만들려고 운동에 몰두한다.
그들은 한목소리로 '멸치 탈출'을 외친다.

사실 멸치 탈출은 멸치가 하고 싶다.
더는 빠질 살도 없는 멸치.

칼슘의 왕

멸치가 진짜 칼슘의 왕으로 등극하려면
비타민D가 풍부한 내장과 뼈를 통째로 같이 먹어줘야 한다.
비타민D(내장)가 있어야 인산칼슘(뼈)이 소화 흡수될 수 있기 때문이다.
내장 떼어버리고
뼈 떼어버리고
말라빠진 몸뚱이만 먹으면서,
아니 몸뚱이도 국물만 우려내 먹으면서
무슨 칼슘의 왕?
멸치는 칼슘의 왕관 따위 그만 내려놓고 싶다.

잃어버린 색

멸치도 등 푸른 생선이다.
정어리나 고등어의 친척이다.
하지만 삶아지고 말려지면서
서서히 색을 잃었다.

옷장 안에는 회색과 검은색 옷만 남았다.
회사 일에, 집안일에
색을 잃어버렸다.

무엇을 좋아했지?
어디를 바라보았지?

멸할 멸(滅), 업신여길 멸(蔑)

1803년 김려(金鑢)가 지은 『우해이어보 牛海異魚譜』에서
멸치를 '멸아(鱴兒), 말자어(末子魚)'라고 하고 그 방언은 '멸'이라 하였다.
1814년 정약전(丁若銓)이 지은 『자산어보 玆山魚譜』에서는
멸치를 한자어로 '추어(鰍魚)'라 칭하고 그 속명을 '떨어'라고 하였다.
또 너무 많이 잡혀 쓸모없이 버려진다고 해서
업신여길 멸(蔑)자를 써 '멸치(蔑致)'라 하였고.
멸치가 급한 성질 탓에 물 밖으로 나오자마자 바로 죽는다고 해서
멸할 멸(滅)자를 써서 '멸어(滅魚)'라고 덧붙였다.
어떤 이는 아무리 먹더라도 멸할 수 없어 붙은 이름이라고 주장한다.
'치'는 비늘 없는 천한 물고기를 뜻하는 말.
즉 멸치는 천하에 둘도 없는 천한 물고기라는 의미다.

이름부터 온갖 멸시를 받는 멸치.
선조들이 멸(蔑)을 넣어 이름 지은 건
아무래도 너무했다.

업신여길 멸

물 밖 멸치도

물속 사람도

다른 생각할 겨를이 없다

결국 또 1등

수산물 소비량 전 세계 1위 나라가 한국이라고 한다.
농촌경제연구원에서 1인당 연간 식품 공급량 조사 결과를 보면
1위는 오징어 5.402kg, 2위는 새우 4.297kg, 3위는 멸치 4.168kg이다.
멸치가 1위가 아니라고 하니 의아하다.
보통 오징어 한 마리가 350g, 새우 한 마리가 33g,
큰 생멸치 한 마리가 20g이다.
앞서 언급한 1등에서 3등까지 식품 공급량의 무게를 마릿수로 바꿔 보면,
멸치는 208마리, 새우는 130마리, 오징어는 14마리가 된다.
큰 멸치로 환산해도 마릿수로 1등인데,
잔멸치로 적용하면 정말 압도적 1등일 것이다.

평균 소득이나 중위소득처럼
같은 현실인데 다르게 발표하는 통계들.
위로받기도, 좌절하기도 한다.

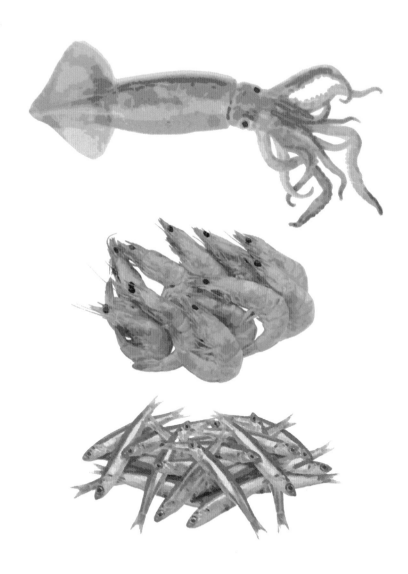

미끼

고양이에게 멸치를 내민다.
가까이 다가오라고 유혹한다.
친해지고 싶을 때 내미는 선물, 멸치.
관심을 달라며 내미는 뇌물.

사실 멸치는 고양이 건강에 아주 좋지 않다.

영혼을 담은 액젓

멸치를 통째로 삶아 삭혀서 짜냈으니
당연히 탁할 줄 알았다.
갖가지 음식의 깊은 맛과 감칠맛을 담당하니
당연히 진할 줄 알았다.

그런데 액젓은 너무 맑다.
멸치의 영혼만 담은 것 같다.
귀하고 소중하다.

멸치 취급하는 게 싫어

멸치는 청어목 멸칫과, 밴댕이는 청어목 청어과다.
밴댕이는 멸치보다 묵직하고 구수한 국물을 낸다.
구이나 회로도 많이 먹는다.
그런데 여차하면 밴댕이를 큰 멸치로 취급한다.

작다고 무시당하는 것보다
조금 커다란 멸치로 오해 받는 게
더 싫을 수 있겠다.
그런 밴댕이 마음
멸치는 이해한다.

남기고 간 맛이 이렇게 진한데

멸치 맛은 최대한 우려내고
흔적은 남김없이 없애 버린
해말간 콩나물국.

만나기 불편해서 외면하고 싶은가?
새벽마다 청소하고 사라지는 사람들.
휴일에만 나와 그림자처럼 일하는 사람들.

보여도 괜찮다고 말하고 싶은데 전할 데가 없다.

합리적 구분

잔멸치가 자라서 큰 멸치가 된다.
볶음용과 국물용 멸치는 같은 멸치다.

잔멸치로 볶음을 하고
큰 멸치로 국물을 내는 게
합리적일지는 몰라도
당연하지는 않다.

조화롭다고 좋은 건 아니다

식감도 좋고 맛도 조화로워 궁합이 좋아 보이지만
영양학적으로는 전혀 맞지 않는다는 견과류 멸치볶음.
호두와 아몬드의 풍부한 피틴산이 칼슘 흡수를 방해하기 때문이다.
피틴산 없는 땅콩도 칼슘 흡수를 방해하는 수산이 포함돼 있어
멸치와 궁합이 좋지 않다.
수년간 맛나게 먹다가 뒤늦게 알게 된 사실이다.

썩 잘 어울리는 것 같은데
서로 좋지 않은 영향을 주는 관계가 있다.

죽방멸치

죽방렴은 유속이 빠른 해협에 V자형 말뚝을 박아
밀물과 썰물에 회유하는 물고기를 잡는 전통적 어업 방식이다.
대나무로 그물발을 만들었다고 하여 죽방렴이란 이름이 붙었다.
죽방렴으로 잡아 올린 멸치를 죽방멸치라고 한다.

일반 멸치는 그물로 잡는데
죽방멸치는 모든 과정을 수작업으로 하기 때문에
비늘이나 몸체 손상이 적어 일반 멸치에 비해 열 배 이상 가격이 나간다.
죽방멸치가 무슨 특별한 멸치 종류인가 했는데,
죽방렴으로 잡았다고 죽방멸치가 됐다.
코를 걸어 매달았다고 코다리가 된 명태도 있고
불에 구우면 꼼지락거린다고 꼼장어로 부르는 먹장어도 있다.

멸치의 뼈

멸치에게 그나마 위안은
접시에 올려져 젓가락으로 뼈가 발라지는 수모를 겪지 않는다는 것.
멸치 뼈는 다른 생선들처럼 성가신 가시로 부르지 않는다는 것.

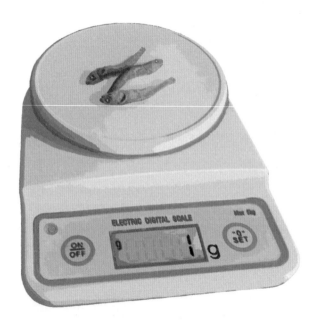

참을 수 없는 가벼움

마른 멸치 한 마리를 요리용 저울에 올렸는데
무게가 표시되지 않는다.
세 마리는 올려야 겨우 1g이 넘어 저울이 움직인다.
결국 한 마리 무게는 어림잡을 수밖에 없다.

사실 누구나 다 안다.
굳이 저울에 달지 않아도 멸치가 얼마나 가벼운지는.
문제는 가벼움의 차이를 구분할 수 없는
섬세하지 못한 저울이다.

오메가3

오메가3는 혈중 중성지질 개선, 혈행 개선, 염증 수치 개선, 기억력 개선,
안구건조증 개선 등등 효능이 많은 영양제다.
영롱한 황금빛 오메가3의 원료는 막연히 꿀이나 송진이라고 생각했다.
주원료가 어유(魚油)인 걸 읽고서도
예쁜 캡슐과 색상 때문에 착각했다.
실제 캡슐이 터지면 비린내가 진동한다.
주로 참치와 연어가 원료였는데
근래 새롭게 주목받는 원료가 있다.
바로 멸치.
멸치는 거의 먹이사슬 최하단에 위치하기 때문에
중금속이나 발암물질 축적 정도가 상대적으로 매우 낮기 때문이다.

오래 살다 보니 이렇게 대접받는 날이 오나 싶어 반갑다가
돌연 삐딱한 마음이 든다.
참 알뜰살뜰 옹골지게도 써먹는구나!

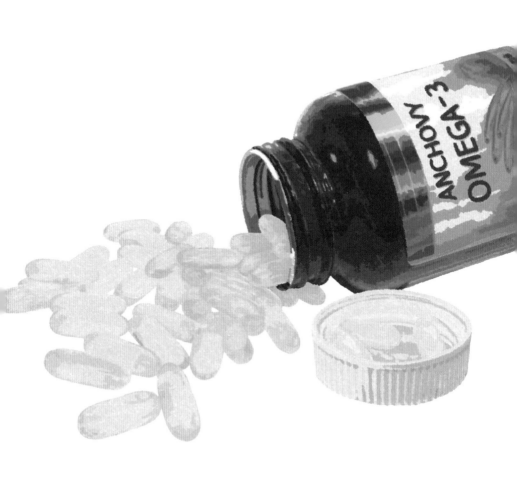

네가 왜 여기서 나와?

멸치 상자를 쏟아보면
꼴뚜기, 새우 몇 마리는 꼭 끼어 있다.
처음 겪는 일도 아니면서 매번 이렇게 묻는다.
별난 놈일세.
왜 쓸데없이 끼어들어?
지지리도 운 없는 녀석.

피해는 피해자가 만든 게 아닌데
자꾸 피해자에게 따진다.
네가 왜 여기서 나와?

미끼가 되어 돌아가다

낚시점 냉장고에는 직수입한 멸치 미끼가 가득하다.
일본산 생멸치다.
멸치 눈에 무시무시한 낚싯바늘을 꿰는 시연 사진도 있다.
비싸지만 조황이 좋다고 광고한다.

다시 바다로 돌아가는 멸치.
운이 좋다고 해야 하나?
기구한 운명에 한숨을 쉬어야 하나?

멸치 플렉스

엄마는 아끼지 않는 것이 없었다.
물도, 쌀도, 된장도.
엄마는 모든 것을 아끼고 살았다.

평생 아끼기만 하다가 떠난 엄마.
그래도 엄마가 아끼지 않고 마음껏 썼던 게 있다.
멸치.
멸치만큼은 플렉스.
엄마의 손맛도 멸치 플렉스 덕이 아닐까?
엄마에게 아낌없이 베푼 멸치가 고맙다.

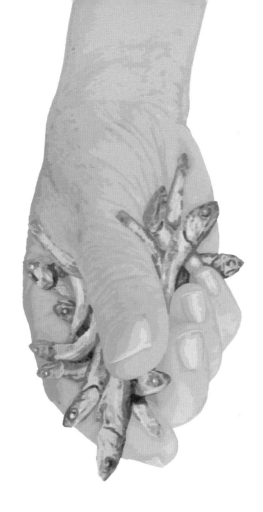

다시마 사이를 헤엄치던 시간

물이 끓으면 숨어있던 멸치가
다시마 위로 떠 오른다.

다시마는 냄비 바닥의 열기를 온몸으로 감당하면서
가볍디가벼운 멸치를 떠받친다.

냄비 속 다시마는 멸치의 엄마 같다.
하찮은 멸치를 돋보이게 하려는 엄마.

이젠 돋보이거나 대접받고 싶지 않은데.

점점 만나기 힘든 친구

멸치를 소분해 넣은 국물 팩을 사용해서
멸치를 직접 만질 일이 없다.

멸치를 갈아 포장한 분말 스틱을 사용해서
멸치를 따로 건져서 버릴 일이 없다.

멸치 가루를 뭉친 고체 제품을 사용해서
이젠 그게 멸치인지도 알아보지 못한다.

생멸치조림

바닷가 유명 식당에서 처음으로 생멸치조림을 먹어봤다.
미식가들 말처럼 특별히 고소한 것 같기는 하지만,
고등어조림과 별반 다르지 않았다.
멸치조림에 희생된 수많은 멸치 머리를 보고서
마음이 불편했다.
맛있게 먹었지만 찾아 먹지는 않을 것 같다.

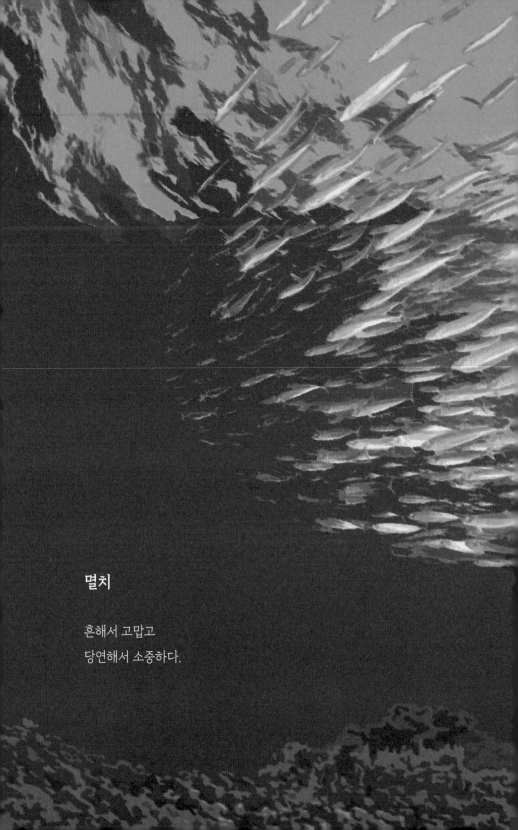

멸치

흔해서 고맙고
당연해서 소중하다.

멸치들의 세상

출간을 앞두고 갑자기 아이가 폐렴으로 입원했다.
당장 직장 업무며 일정이 순식간에 재배열되었다.
그 와중에 출판사로부터 에필로그 요청을 다시 받았다.
무슨 이야기를 더 덧붙일 수 있을까?
사족 같아서 내내 망설이다

14년 전 담도암으로 세상을 떠나신 어머니를 떠올렸다.
어머니를 간병한 시간은 1년 남짓, 그 후 내 인생은 바뀌었다.
정말 소중히 여겨야 할 게 무엇인지 깨달았기 때문이다.
그때까지 나는 조각에 대한 열정에 휩싸여
가족과 함께하는 시간을 늘 뒤편으로 밀어내기만 했다.
어머니를 간병하는 동안
비로소 내가 어머니에 대해 얼마나 아는 게 없었는지,
어머니가 내게 얼마나 진하고 깊은 마음을 주셨는지 알았다.
가족과 함께하는 소박한 시간을
대수롭지 않게 여겼던 게 한심했다.
평생 후회할 짓을 저지를 뻔했다는 자각이 들자,
작업을 멈추고 직장생활을 시작했다.

직장인의 길 역시 고르지만은 않았다.
사람 사는 세상은 늘 해결해야 하는 문제들로 넘쳐난다.
《멸치생각》은 멸치처럼 살면서 떠올린 생각을
가볍게 옮긴 글이다.
막상 책으로 묶고 보니, 대놓고 무시하거나
은근히 차별하는 풍조에 대한 비판적인 글이 두드러진다.
누군가는 피해의식이 과하다고 지적할지 모르겠다.
안타깝지만, 우리 주위에는 무심코 저지르는 행동 때문에
상처 입는 사람들이 많다.
또 말없이 헌신하고 희생하는데 그것을 당연시하면서
고마움을 모르는 경우도 많다.
한 마리 멸치인 나는
오늘도 누군가를 만난다.
그 역시 한 마리 멸치다.
그와 함께 하루를 나누면서
문득문득 생각한다.
우리 멸치들의 세상을.